구름에게 전화를 했다

시와반시 기획시인선 023

구름에게 전화를 했다

노효지 시집

시와반시

제2부

제3부

제4부

해설

제1부

지족구 거리*

낡고 오래된 길
버리고 싶었던 시간들이
정겹고 따뜻해지는
골목을 들어서면
웅크리고 울던 내가 보이고
후회 같은 아픔들
잘 닦아 다독여주면
눈부시지 않지만 따스하게 빛날 것 같다
거기 초록스토어**부엌에서
물끄러미 앉아 있던 한량이***처럼
지난 시간의 나를 만나게 되는
낡고 오래된 그 길
다방에서 연유커피를 마시고
햇빛도 잠시 골목에 나와 앉아
버리고 싶었던 기억들 보듬어 안고
같이 가을볕 쬐자 한다

* 남해에 있다.

** 지족구 거리에 있는 카페.

*** 초록스토어 사장님이 기르는 강아지.

그 여자는 생각이 많다

그 여자는 생각이 많다 누군가의 죽음 위에 걸터앉
아 밥을 먹고 고기를 뜯고 닭발을 씹는다고 생각한다
누리는 것이 당연하다는 듯이 당당함이란 무얼까 새
벽에 일어나 식탁 위 과자 부스러기를 행주로 닦으면
서도 생각한다 형이상학과 형이하학 저급함과 지고至
高의 것의 차이에 대하여 오 장미여 장미여*붉은 장미
누군가의 피 흘림으로 나는 살아있다고 여자는 생각
한다 물을 마시면서도 가끔 목이 메인다 새벽 배송받
은 수박을 욕망처럼 거침없이 자르면서 여자는 또 생
각한다 힘이란 뭘까 당연히 아침이 온 건 아니었지 누
군가 새벽길 열어왔다는 걸 수박을 먹으며 생각한다
여자는 또 미안해진다 미안할 때마다 이마를 조금 긁
는다 행주를 씻어 넌다 가끔 행주는 손수건보다 치열
하다 쑥부쟁이 같은 사람, 사람들 울컥, 진짜 목이 메
인다 정말 생각이 많은 여자다

* 니체 「차라투스트라는 이렇게 말했다」

봄 산책

초원아, 저기 민들레

우와아

초원아, 저기 나비

우와아

두 손 꼭 잡고
아장아장
걸음마 하던

봄 산책길

아무튼

여전히 시를 쓰고 있는 내게
어느 날 친구가 말했다

니는 아직도 그 짓 하고 있냐?
참고로 그 짓이란 시 쓰기다

전라도가 고향인 또 다른 친구는
너는 거시기 그게 그렇게 재밌냐? 했다

그렇게 나의 그 짓과
거시기한 시 쓰기는
참 오래되었고
오래전부터 환영받지 못했다

그럼에도 여전히
무언가 끄적이고 있다

아무튼

나는 시가 좋다
시를 쓸 때면
나는 내가 된다

키사스 키사스 키사스*

늑골이 가려워요
작약꽃 꽃잎 펴듯
내 가슴 꽃 피려나 봐요

그는 말했죠
이제 어깨 펴고 살아
침 맞고 나오는데 노래가 들렸어요
키사스 키사스 키사스

눈물이 날 것 같았는데 참았어요, 마치
울면 절대 안돼라고
약속이나 한 것처럼 말이죠

난 약속을 잘 지켜야 한다고 생각했죠
도덕을 경멸하면서 도덕적인
이율배반적인 여자였죠

이제 어깨 펴고 살아
그 말이 자꾸 울먹울먹
내 늑골을 간지럽혀요
그때마다 노래가 떠오르죠
키사스 키사스
키사스

* 안드레아 보첼리의 노래

느린마을 막걸리

나는 뚜벅이
속도보다는 느림을 즐긴다

성격이 급해서 가끔
옹지랖을 부리기도 하지만
운전면허증을 어찌어찌해서 따놓고도
아직도 장롱면허다

엄마, 운전 언제 할 거야?
딸이 말할 때마다
곧 할 거야
그런데 여전히 뚜벅이다

곧 할 거야, 는 뻥이었다
이런 내가 한심하기도 하고
딸이 중학교 내내 무거천을
걸어 다닌 것이 미안하기도 하다

난 늘 미안했다
이제 미안한 거 그만하고 싶다

그런데 말야
느린마을 막걸리 한잔하며

곧 할 거야
큰 소리 뻥 치고 싶은

그런 날이 있다

혼자만의 방

낡은 침대 하나
작은 요강 하나

주사를 맞으면 죽음처럼 잔다
꿈도 없이 잔다

구겨진 종이로 가려진 창문
그녀는 밖을 볼 수 없고
문은 밖에서 잠겨있다

누군가 슬리퍼를 신고
복도를 지나간다

아무런 생각이 없었지만
가슴에 의지는 있었다

살아야만 하는

살아내야만 하는
이유가 있었다

그는 나를 불러 세워서

집으로 가는 길
개망초 꽃 하얗게 피어있었다, 11월
바람에 흔들리고 있었다

가녀린 몸매로 버티고 서 있는
꽃을 보며
씩씩하구나, 했다

그는 나를
책장 앞에 불러 세워서
뒤돌아보게 했다

책장 구석에 꽂혀있던 책을 꺼내어
책장을 넘기게 했다
아니 넘겨주었다

내 손이 책을 꺼낸 것이 아니었다

내 눈이 글자를 읽은 것이 아니었다

손가락으로 짚어주듯이
그가 읽게 했다

오랜 벗이여*

왈칵 눈물이 났다
의지 너머의 더 큰 의지가 있나 보다

뭐 하라고, 나보고 뭐 하라고
한참을 울었던 날이었다

* 존 오도나휴 『영혼의 동반자』

조울증 약

눈꺼풀이 자꾸 무거워서 하루 종일
자는 것도 아니고 깨어있는 것도 아니다
의사는 말했다. 최소량이라고
그렇지만 나는 힘이 든다

너무 힘들어요, 했더니 그는
더 약한 약으로 바꿔주었다
그래도 여전히 힘든다

새벽부터 저녁까지
자는 것도 깨어있는 것도 아닌 상태로
밥을 하고 밥을 먹고 설거지를 했다

가슴에 열정은 가득한데
몸이 안 따라준다

저녁에 태화루 한잔하면서

왜캐 슬프지, 했다

대숲 바람

안주도 없이 혼자
소주 한잔 마시는 날
외갓집 대청마루에서 듣던
쓸쓸한 댓바람 소리 밀려온다

나이 들어보거라, 윗물이 실데 없이 많아진대이
누런 광목 조각으로 눈을 닦으시며
마른 소주를 드시던 할머니

대숲으로 열린 봉창문 열고
작은 사랑채에 앉아 수를 놓으시던
아직은 고왔던
우리 엄마

우물가 대숲에
두런두런 따가운 햇볕이 스며들고
나는 아홉 살 어린 소녀였다

누가 나에게 말한 것일까

놀이터 돌계단 앞에서
소리가 울림처럼 둥둥
내 가슴 안에서 들려왔다

'삶에 오만했구나'

누가 나에게 말한 것일까

놀이터에는 오후의 햇살이
그네를 타고 있었다

똥폼 개폼 잡지 않고 뛰노는
햇빛

눈이 부셨다

뱅쇼*

삶에 대한 나의 오만을
부디 용서해다오
그대 자유로운 이여

나는 그대의 신념 그리고
또 오랜 고독이었다

그대는
어두운 불면의 밤을 지나
불안의 늪
두려움의 수렁을 건너왔다

저항의 벽은 태초엔 없었을 것이다
나는 분리의 착각 앞에서 망설이며
에고의 틀에 기대어 서성인다

그대의 관념은 그렇게

얼마나 오랫동안 쓸쓸했던가
뱅쇼,

나 그대 가슴에 스며들어
오랜 쓸쓸함을 녹여주고 싶다

* 따뜻한 와인

뾰루지

뾰루지가 아프다 앉으면 더 아프다
하필이면 엉덩이에 났다

성질이 단단히 났었던 거다
나도 모르게 안간힘 썼더니
뾰루지가 튀어나왔네

마음이 말하기 전에
몸이 먼저 말한다
성질머리 고약해서다

개짜증 나는 거 삭히려고 했는데
뾰루지가 나서 들통났네

몸은 참 정직한 것 같다

아웃사이더

엄마,
난 착하지 않아요

난 자유롭고 도도해요
규칙을 싫어하죠

니가 옛날엔 착했는데 쯤쯤쯤
난 착하지 않아요, 엄마

제가 권위를 싫어하는 이유는
자유를 사랑하기 때문이에요
사랑을 사랑하기 때문이에요

Mother,
Mother of mine*

* 지미 오스몬드 노래

반가사유상 半跏思惟像

통유리 바깥에서 나는 그녀를 본다

반쯤 눈을 감고 반쯤 고개 숙인
가만히 오른쪽 뺨에 갖다 대는 엄지와 검지는
업의 무게를 모두 덜어낸 듯 날렵하다
몇 세기 동안 그렇게
오른쪽 다리를 왼쪽 다리 위에 걸치고 앉아 있어도
척추는 유연하고 사유思惟는 자유롭다, 아니
그녀의 혼은 자유롭다

출구가 없는 통유리 안에서
시간에 갇힌 나를 그녀가 본다

제2부

구름에게 전화를 했다

잘 있냐고

잘 지내냐고

라면 한 그릇 같이 먹자고

바람이 백일홍
꽃잎 속에 숨어있었나
꽃밭을 흔들며 불어온다

바람이 구름에게 전해주려나

말하지 못했던 말들

전하지 못했던 마음들

비빔국수

슬픔을 꾹꾹 눌러두면
숨이 차나보다

아무것도 먹고 싶지 않고
가만히 있으면 자꾸 슬퍼져서
바지런히 몸을 움직였다

몸이 힘들어한다

친구가 마을버스 타고 나를 만나러 온다는데
같이 비빔국수 먹어야지 싶다

친구 생각하니 슬픔이 위로가 된다

강 건너 양귀비 꽃밭

―슬프면 울어라, 맘껏 울고 한 번의 눈물로 모두 풀어
버리고 눈물의 강을 건너야 한다*

보이네

그리움처럼
아른거리네

거기 양귀비 꽃씨 움트기 전
강물만 봐도 목울대 울컥거려
강가를 걷지 않았네

사람들은 말하네
거기 좋아 걷기 좋아

나는 거기 앉아서
강물처럼 울었던
강 건너 양귀비 꽃밭

보이네

* 이케다 다이사쿠

미안하다

고모 떠날 때
발을 꼬옥 만졌다
고모가 말했다
더럽다, 만지지 마라
그건 나에 대한 고모의 사랑이었다

엄마 아플 때
수건으로 두 발을 닦아드렸다
무사히 수술을 마치셨다

사촌 여동생 떠나기 전
손을 꼭 잡고 한참 있었다
'언니 왔다' 그 말 밖에
할 말이 없었다
듣고 있는 듯했다

큰동생 떠나는 날

벚꽃 피던 봄날인데
나도 아팠다, 많이
어쩌면 변명 같지만

중환자실에 혼자 누워서
큰동생은 떠났다

미안하다

혼자서 먼 길 떠나게 해서
내내 미안하다

누구나 혼자 떠나요
사람들은 말하지만
마지막 길
손이라도
발이라도

꼬옥 잡아주었다면

그래서 늘 미안하다

안단테

내 피아노 위의
자주색 메트로놈

오래전
아버지의 선물

안단테에 맞춰두고
가만히
듣고 있으면

한 템포 느리게
천천히

그렇게 살아가는 거야

아버지,
나직이 말씀하시듯

꿈

엄마는 남자의 손을 잡고 춤을 추었다
멋진 옷을 입고 엄마가 춤을 추네
행복해 보여 나도 좋았다
엄마 오늘 우리 파티를 해요
파티쉐들 여러 명이 음식을 준비했다
커다란 물통에 물을 받고
커다란 어항에 새로 물을 갈아주었다
어항 바닥에 비싼 동전 화폐들
누나, 어항에 이거 있어
그래 그거 비싼 거야, 너 해
어항에 물을 받으면서 내가 말했다
커다란 어항 속 금붕어들이 팔딱거렸다. 나도 좋
았다.
꿈 깨고 새벽에 눈물 찔끔 난다. 꿈이었구나

삶이 나에게

삶이 나에게
말없이
가만히
내 어깨에 손을
그냥
툭, 툭,
다 안다고
말없이 삶이
내 곁에 그렁그렁
울어도 된다고
말 안 해도 안다고

미술관에서

선재 미술관 1층 오른쪽 벽에
동선銅線으로 만든 커다란
나뭇잎 하나
승리자의 침묵처럼 걸려있었다

향기로운 들숨과 날숨
당당하게 내세울 제 빛깔마저
버리고
옷도 다 벗고 살도
다 내려놓았다

지문指紋처럼 선연한
살아있음의 길

그 길 위에
무거운 내 숨소리 얹고 따라가면

입술이 타들어가도 그치지 않던
어머니의 기도 소리
들린다

국화꽃 기르는 아저씨

매점 앞에 나는 서 있었다, 우두커니
마음이 아팠다
마음이 아플 때 바르는 연고는 없을까

대일밴드를 살까 후시딘을 살까
밴드를 사서 가슴 가운데 붙여볼까
그런 엉뚱한 생각을 하고 있었다

매점 주인이 문득 내 옆의 키 작은 아저씨에게
명랑하게 물었다
국화꽃이 어쩜 그렇게 예뻐요?

혼을 담아야해요
아저씨가 말했다
그는 대학에서 국화꽃을 기르는 분이었다

작은 체구

허리가 많이 굽으셨다

나는 밴드도 후시딘도 잊고
그의 마디 굵은
흙 묻은 손을 바라보았다

혼을 담아야 해요

언덕길 걸어올라 집으로 가는 길이
왠지 더 숨이 찼다

눈길 위에 서다

시간의 경계가 무너진 곳에서
서원誓願처럼
눈은 내렸다

눈길을 걸으면
오래전에 잃어버린 내 생生의 맹세를
더듬어 찾아낼 수 있을 것 같았다

나무와 나무
사람과 사람 사이
길의 이 끝과 저 끝
가끔씩 손 뻗을 수 없이
아득하던 그 거리를
하얗게 지워놓고
눈은 길 위에
비로자나불처럼 앉아있었다

분별하지 않고
차이 나지 않으며
단절되지 않는 것에 대해
생각하다, 눈길 위에서
목숨은 또
아득히
무겁고 아팠다

제3부

물결이 반짝이며

산책길,
세 사람이 자전거를 타고 지나간다

내 인생 즐기자
내 인생 내 거다 즐기자
그러는 것 같다

궁거랑 물결이 반짝인다

물소리,
돌멩이들이 물이끼랑
재잘거리는 소리

너도 걍 놀아
너는 왜 놀지 못하니?

나한테 바보 같다고,

놀리는 거 아냐
내 인생 내 거다
너도 그래 봐봐

궁거랑 물결 또 반짝인다

누가 처음 이 길을 걷기 시작했는지

멀리서 보면 길은 보이지 않는데
여름 지나고 풀들이 버석거리며 말라갈 때쯤
강둑을 따라 오솔길이 있다는 것을 알았다

밤새 흰 서리맞고 하얗게 얼굴 씻은 들국화는
가을 햇살을 툭툭 퉁기며 까르르 웃고
산딸기 덤불 속에서 메뚜기 한 마리 뛰어오른다

발끝에 닿는 돌멩이들의 숨소리,
갈대 덤불 속에서 후드득 날아올라
힘껏 물을 차고 오르는 저 새의 이름을
나는 모르겠다

내가 모르는 이렇게 많은 풀과 새들
꽃과 벌레들이
이 작은 오솔길에 모여서 살다니
나도 힘껏 살고 있다고 생각한 것은

나약한 변명이거나 자만이었다
물을 차고 오르는 새처럼
가볍게 날아오르지 못한 채,

길 없는 이 길을 맨 처음 걸었을 그 사람도
삶의 언덕에서 가쁜 숨 몰아쉬며
이곳을 찾아왔는지

곱게 마셔

골목 구석에
깨진 소주병 하나
그 곁에 작은 민들레 한 송이

마시려면 곱게 마시지 이게 머니
민들레 꽃잎 바짝 펴고 궁시렁거린다
소주병은 말이 없다

비 갠 이른 아침
바람이
구름이
햇빛이
구석에 쭈그리고 있는 깨진 소주병 곁에
같이 쭈그려 앉는다

깨지니까 좋은 것도 있구나
빗물도 담기고

숨도 크게 쉴 수 있구나

민들레 꽃잎 바람에 흔들린다
바람은 바램
구름은 자유롭게 그림을 그린다

그림-구름-그리움

보이지 않는 먼

그리움

약속처럼, 아니 약속 같은
하늘을 바라본다

깨진 소주병과 민들레 하나

내 청바지 호주머니의 세계

그 세계는
작지도 않고 크지도 않다

나는 늘 왼쪽 손을 청바지 호주머니에 넣고
오른쪽 호주머니엔 핸드폰을 넣는다

내가 아끼는 청바지인데
오른쪽 호주머니가 뜯어져서
손가락이 세 개가 들어갈 만큼
구멍이 생겼다

오른손을 호주머니에 넣고
꿰매주어야지, 생각하다가
손가락을 꼼지락거리며
꼭 그럴 필요는 없지, 또 생각한다

뜯어져 구멍 난 호주머니엔

터진 실밥들이 손잡고 산다
떨어지지 마 꼭 붙어있자
찢어진 영수증 조각 그리고 조그만 먼지들

소립자보다 크고 미립자 보다 더 큰
먼지들이 산다

숨 쉬게 두자
저도 숨 쉬어야지

손가락 세 개가 들어가는
커다란 숨구멍

인간의 땅

나는 버려졌다
사정없이 뽑혔다

두꺼운 장갑을 끼고
호미로 나의 뿌리를 뽑았다

나의 땅은 물가 돌 틈
뿌리내리고 살아온
물미나리와 물풀들

물결 살랑이며 쓰다듬어주었던 나의 발등

달빛이 불러주던 노래

개울가 작은 바위에 기대어 잠들었던 날들

그립다

빨래

나를 통제하지 말아요
관념의 꺼풀은 벗어버렸죠
있는 그대로의 나를 만나요
바람 자유롭게
흔들리는 대로 춤을
추어보는 거예요
늘 젖어있었죠
속 깊이 햇빛 떠올리기로 해요
우리
함부로 구겨지고 또 함부로 웅크렸죠
다리 쭈욱 펴고
가슴은 한껏 거들먹거려봐요
춤을 춰요
은유처럼
상징처럼

파르푸르

파르푸르는 푸른 나비예요
은영 씨가 말했다

그녀는 작은 가게 '파르푸르'의 주인이다
은으로 목걸이도 만들고
귀걸이, 반지, 팔찌도 만들었다

여행을 좋아하고 특히 쿠바를 좋아했다
쿠바에서 사 온 달력을 어느 날 선물로 주었다
쿠바에 꼭 가보세요, 그랬다

여행 사진도 멋지게 찍어서 그걸 엽서로 만들었다
엽서는 파르푸르에서 장당 천 원에 팔았다

엽서를 판매한 돈으로 아프리카 아이들에게
염소를 사주었다

설거지를 하면서 나는
조사 '은'을 뺄까, 넣을까
궁리하다가, 문득
은영 씨 생각이 난다

쿠바, 그녀는 왠지 그곳에 있을 것 같다

토마토 안경점

아C 2.공이었는데
지금은 영쩜팔

게다가 토마토 안경점 사장님은
노안이 심해요, 하며
안경알을 닦는다

좀 쉬셔야 해요

사장님도 저랑 비슷
잘 못 쉬시죠? 했다

아 제가 박사 공부하느라
강박증이 심해서
담배를 피우기 시작했죠

헛, 저도 강박증

AC 이쩜공을 그리워하지 말자

돋보기를 끼면
보고 싶은 것만
집쭝! 해서 볼 수 있어서
좋다

행주 예찬

아무도 알아주지 않아도
없으면 찾아다녀
엄마는 마루를 닦다가
걸레를 집어던지셨지
나도 집어던지고 싶은 그런 날이 있긴 하지
그렇지만 난 행주의 인내심(?)을 존경해
물방울이 튀어도 행주는 바로 출동하지
군소리 한마디 없이 닦아주지
내가 다 닦아주마
이건 허세가 아니야
난 알지 그는 허세 부리지 않는다는 걸
오랫동안 나와 함께
많은 시간 닦고 비틀어 쥐어짜고
삶아서 햇빛에 쫙 펴서
널어봐서 알지
투덜거림도 없지
자신은 그렇게 너덜거리게 낡아가면서

식탁을 빛나게 하고
싱크대를 으쓱거리게 하네
모두 행주 덕분이지

그녀의 과일가게

그녀의 과일가게를 지날 때마다
홀쭉한 내 아랫배와 낡은 팬티의 고무줄같이
늘어진 현실과 이상理想 사이
바람 빠진 공처럼 후줄근해진 삶의 의욕들은
더욱 사정없이 움츠러든다
이유는 알 수가 없다. 굳이 분석하자면
이제 만삭이 된 그녀의 둥그런 배와
순진한 낙관론자 같은 그녀의 표정 때문일 거다
그녀의 과일가게에 나와 있는
커다란 수박과 잘 익은 참외, 복숭아의
매끄럽고 탄력 있는 몸매에
정오의 햇살이 비스듬히 눈길을 주고
그녀의 느릿한 걸음과 목소리조차
퉁기면 튀어 오를 것처럼 탄력적이다
이유는 알 수가 없다

그녀는 만삭이다

서쪽 창

　고개를 약간 숙이고 무릎을 낮추어도 해지는 모습은 보이지 않는다. 낮고 작은 서쪽 창문은 많은 것을 보여주지 않는다. 보여줄 수 있는 사랑은 아주 작기* 때문일까. 많은 것을 보여주지 않는 그 창문에 이마를 가까이 대고 아침이면 부스스한 눈을 비비며 창문을 열고 커피를 마신다. 마른 나뭇잎 몇 개 떨구어내지 못하고 빗물에 젖고 있는 단풍나무의 야윈 허리를 본다. 빨간 모자를 쓴 사람이 등산로 입구로 사라지고 비 오는 일요일이면 우산을 쓴 사람들이 낮은 오르막길을 바쁘게 오르고 나는 아무것도 바쁘지 않은 사람처럼 서쪽 창에 붙어 서서 마신 커피를 또 마신다. 이른 아침에 허리를 좀 더 낮추고 보면 아직 꺼지지 않은 오렌지색 가로등 위로 별 두 개 깜박이는 것도 볼 수 있다. 보는 나와 보여지는 풍경 사이에서 서쪽 창은 오래된 먼지를 닦고 있다

　* 칼릴 지브란

배내골

배내골에서는
시간이 천천히 흐른다. 그리고 잠시
시간은 느리게 걷다가
쉬기도 한다

〈카페 옴〉에서 카페 모카를 마시고
벚꽃나무 그늘에 앉아서
아무 생각 없이 멍하니
산을 바라보기도 한다

배내골에서는
나도 한 템포 느려진다
가만히 앉아있으면, 한 며칠
그곳에서 하릴없이 빈둥거리며

햇볕 쐬고 밥 먹고
꽃 보다가 낮잠 자고

천천히 걷다가

냇가에 발 담그고
다슬기 잡다가 놓아주고 싶다

그냥, 그냥, 천천히

길냥이

느티나무 아래
길냥이 한 마리

결코 길들여지지 않는 야생성이
꿈틀거리는 새벽이면
양손으로 가려운 목을 긁어대네

발톱을 세우지 마
도발적으로 쳐다보지 마

자기의심은 담벽을 슬금슬금 넘어오네

유연하게 날렵하게 뛰어보는 거야
도도하게 허리를 뻗고
도발적인 눈매를 감추지 마

새벽,

그는 가려운 목울대를 긁으며
미야우 하품한다

천전리, 기억의 바위

비가 내린다
천전리는 기억을 깨운다

기억의 징검다리
물가의 들풀들 수런거린다

내쉬는 숨과
들이쉬는 숨
그 틈 사이에
바위처럼 굳건하게 나무는 서 있다

여자는 매일 나무를 보았다
창가에 서서
아침에도
해 질 녘에도

아무것도 기다리지 않는 것처럼

굳이 기다린 것이 있다면
매일 아침 한 개가 주어지는 믹스커피
그리고 가진 것이라곤
노트 한 권과 볼펜 한 개

물가의 들풀 바람에 흔들리며
흐르는 것은 내가 아니라고 말하네

바위는 비에 젖어서 기억을 펼쳐 보이네
들린다, 소리 없는 소리

글이 글을 써나가듯이
물결이 물소리를 껴안고 흐르는
너럭바위 천전리

SUNNY MORNINGS
— 가벼운 마음으로 걸어가리라, 저 드넓은 길을*

통속적인 일상은 결코
평범하지 않았다
나의 죄책감은 너덜거렸고
감옥은 춥고 어두웠다
두려움은 마치 두꺼운 외투를 걸친 듯
무겁고 지겨웠다

이제 그만

나는 그 너덜거리는 외투들을 버렸다
쓰레기통에

안녕

질척이던 어둠들

다시 운동화 끈을 묶는다

트렌치코트를 가볍게 입고
발걸음 상쾌하게

* 월트 휘트먼

제4부

텃밭에서

해거름이다

고추 몇 포기 심어 둔 텃밭에 나간다
서투른 호미질로 풀을 매다가
뿌리내린 목숨을 뽑아내는 일이
자꾸 미안해진다
미안해서, 먼 산 바라본다
저녁 빛이 가만히 스며든
초록의 숨결이 짙어간다

내가 한때 몰입했던 구도심求道心도
한낮에 일렁이던 그림자 같은 건 아니었는지

텃밭에 앉아서 나는
타클라마칸 사막을 건너간 순례자를 생각하고
그 밭에 고추 몇 포기 심는 일이나
풀을 뽑아내는 일이나

풀을 뽑다가 그만두는 일이나
그만두고 게으르게 초록에 반하는 일이나
모두 순례를 떠나는 것이 아닌지 생각한다

산 아래 마을에서
개구리들이 울기 시작한다

도라지꽃

나른한 졸음 같은
흐릿한 공간에
명쾌한 깨달음의 화두처럼
흔들흔들 서 있다

바람이 불 때마다
흔들리거나
비스듬히 눕거나
천진스레 눈을 찡그리며 하품을 해도
경박함에 쏠리지 않고

잃어버린 동경 같은 빛깔로
먼 곳을 바라본다

치자꽃 그 여자

이불을 끌고 좁은 방으로 들어간다
문을 잠근다. 두려움은 어디서 오는 것일까
이불 한 장 반으로 접어서 깔고 덮는다
눈까지 다 가리고 웅크리고 잔다
오늘이라는 또는 미래라는 시간도 없이 잔다
자야 한다 내일 아침 일어나야 한다
밥을 해야 한다

치자꽃 그 여자

하얗게 그려내는 시간선

부용꽃

젖은 발끝으로
발돋움하는 여자

바람길,
개망초 꽃밭에 홀로 서 있다

눈부신 흰빛
가슴 안에 뜨겁게 품고
구름처럼
영원을 바라보네

지지 마라 그대여
새벽이면 혼의 소리가 들린다

공명하는 그 음성

분한 눈물 혼자 닦으며
아침을 일으키는 꽃

오늘은 바람이 불지 않는다

새벽이다
발그레한 오렌지빛으로 아침이 오고 있다

집 앞에 벗나무 한 그루
꽃을 피웠다

환하다

새벽을 밝히고 서 있는 벗나무
한참을 바라본다

눈부시다

나도 표현하고 싶다, 나도 꽃 피고 싶다

내일은 장미 꽃잎을 말리고 싶어

익숙하다는 게 다 편한 것만은 아니란 걸 알았다
원장님은 이제 약을 그만 먹자고 하셨다

익숙하게 먹어왔던 약을 그만 먹고
한 달에 한 번 만나서 상담했던 원장님을
이제 더 이상 만나지 않아도 된다는 것이
왠지 낯설었다

낯선 것이 꼭 불편하지는 않다는 걸 알게 되었다
그동안 감사했습니다 깊이
고개 숙여 인사드리고 나오는데
많은 감정들이 교차되었다

해냈구나, 효지야 해냈어
내가 내 머리를 쓰다듬는데 문득
눈물이 흐른다

내일은 장미 꽃잎을 말리고 싶어
내 안에서 내가 속삭인다

함박꽃 피면

우리 엄마
함박꽃처럼 환하게 웃으시면 좋겠다

나는 꽃을 아주 많이 좋아했는데
엄마는 꽃을 보아도 웃지 않으셨다

어느 날 외가에서 함박꽃을 가져와
꽃밭에 심으셨다
무심하게

엄마의 외로움 같은 함박꽃

나는 이른 봄 꽃밭을 서성이며
새싹들이 움트는 것을 기다리곤 했다

여름날 함박꽃이 피어도
엄마는 웃지 않으셨다

엄마의 서러움 같은
커다란 꽃송이

함박꽃 우리 엄마

분홍 찔레꽃의 혼잣말

아프지 않은 척
슬프지 않은 척
힘들지 않은 척
괜찮은 척
그렇게

척을 많이 한 날
밤이 오면

쓸쓸하네

혼잣말한다

벤치에 앉아

어제는 비가 많이 내렸다
궁거랑 뚝방길 강아지풀들이
한 뼘 더 자란 것 같다

개망초 꽃도 꿋꿋이 서 있다

밤새 잘 지냈는지
민들레도 아침 인사를 한다

뚝방길 작은 들꽃, 풀꽃들이
환하게 웃으며
내게 말 걸어오는 아침

벤치에 앉아서 시를 쓴다
바지가 젖은 줄도 모르고

달개비꽃

섣부른 위로의 말은
정말 어설퍼요

난 그냥 나
뻗어나가죠

여고 음악실 담벽
돌 틈에 뿌리내리고
저 구름 흘러가는 곳
피아노 소리
발뒤꿈치 한껏 귀 기울여 듣다

구름 한 번 보고

또박또박
뻗어나가죠

새벽에 깨어나
혼자 울던 날

손 닿으면
만져질 것 같은
새벽 별빛,
가만히 어루만져 주는

자신自身의 툇마루

먼 길 돌아 이제 막 도착했습니다. 마루 끝에 앉아 있던 가을볕이 여기 앉아라, 여기 앉아 쉬어라, 가끔씩 아픈 왼쪽 어깨를 쓰다듬어줍니다. 마당가 긴 장대 끝 빨랫줄에 널려있는 빨래도 잘 마르고 있네요. 사랑이라는 말은 너무 흔하지만 그래도 사랑한다고 말해주고 싶어요. 나에게요, 또 그대에게요. 기다려주어 고맙습니다. 아플 때 달려와 손잡아 준 얼굴들, 그리고 그리운 얼굴들… 첫 걸음마처럼 서툰 고백이지만, 사랑합니다. 툇마루에 앉아 낮술 한 잔하고 오늘은 좀 쉬겠습니다

내일도 햇볕 따사롭겠지요

해설

윤리적 사유와 공감의 성찰적 쓰기

신상조(문학평론가)

노효지의 『구름에게 전화를 했다』에서 가장 두드러지는 건 순수하면서도 어딘가 연민의 정서를 불러일으키는 화자의 모습이다. 비유하자면 이창동 감독의 영화 〈시〉에 나오는 주인공 '미자'와 같은 이 화자는, 일상을 주시하며 아름다움을 찾으려 하고, 지금까지 봐왔던 모든 것들이 마치 처음 보는 것 같아 소녀처럼 설렌다는 영화 소개 글 속의 주인공 캐릭터를 그대로 옮겨놓은 것 같다. 우리는 이런 화자에 대해 이야기하기 전, 영화의 주인공 '미자'가 아름다움에 눈 뜨는 과정을 좀 더 살펴볼 필요가 있다. 예순이 훌쩍 넘은 나이에 꽃을 좋아하고 처지에 맞지 않는 화사한 옷차림을 즐겨 하는 '미자'는, 처음엔 시적 아름다움을 그런 것들로부터 찾아야만 한다고 생각한다.

그러나 그녀는 손자가 집단 성폭행의 가해자 중 한 명이라는 사실을 알게 된 이후로 지리멸렬한 삶의 고통 속에서 아름다움에 대해 진정한 눈을 뜬다. 시적 아름다움은 절망도 희망도 없이 텅 빈 노년의 삶을 장식할 화려하고 기교적인 문장에 있는 것이 아니었다. 그것은 피해자를 진심으로 공감할 수 있는 능력, 손자의 가해 사실을 밝히고 피해자에게 보상의 책임을 다하기 위해 수치와 고통을 감내하는 실천으로 그녀를 찾아왔다. '미자'의 시선이 죽은 피해자의 시선과 만나고, 꽃과 사과가 놓여 있던 자리를 죽은 영혼에 내어줄 수 있을 때, 그녀는 비로소 '아름다운 시'를 쓸 수 있었던 것이다.

한자어 아름다울 '美'는 양(羊)과 크다(大)의 조합으로 이루어진 글자다. 기독교에서 양은 죄인들을 구원하기 위해 자신을 십자가에 못 박아 피 흘리기까지 하나님께 순종한 예수를 상징한다. 비록 기독교가 아니더라도 '美'를 타인에 대한 사랑과 희생이라는 이타적 정신과 관련해서 풀이함은 의미심장하다. 그런 의미에서 '미자'의 시가 가진 아름다움은 시적 아름다움에 대한 우리의 인식을 새삼 돌아보게 만든다. 이러한 영화 속 '미자'와 함께 이제는 노효지 시의 화자를 만나 볼 차례다.

그 여자는 생각이 많다 누군가의 죽음 위에 걸터
앉아 밥을 먹고 고기를 뜯고 닭발을 씹는다고 생각
한다 누리는 것이 당연하다는 듯이 당당함이란 무
얼까 새벽에 일어나 식탁 위 과자 부스러기를 행주
로 닦으면서도 생각한다 형이상학과 형이하학 저급
함과 지고至高의 것의 차이에 대하여 오 장미여 장
미여 붉은 장미 누군가의 피 흘림으로 나는 살아있
다고 여자는 생각한다 물을 마시면서도 가끔 목이
메인다 새벽 배송받은 수박을 욕망처럼 거침없이
자르면서 여자는 또 생각한다 힘이란 뭘까 당연히
아침이 온 건 아니었지 누군가 새벽길 열어왔다는
걸 수박을 먹으며 생각한다 여자는 또 미안해진다
미안할 때마다 이마를 조금 긁는다 행주를 씻어 넌
다 가끔 행주는 손수건보다 치열하다 쑥부쟁이 같
은 사람, 사람들 울컥, 진짜 목이 메인다 정말 생각
이 많은 여자다

―「그 여자는 생각이 많다」 전문

이 시의 시상 전개 방식은 '그 여자'의 생각을 따라

간다. 논리적 인과 관계와 무관하게 펼쳐지는 의식의 흐름 기법처럼, 행위 속에 불쑥불쑥 개입하는 그 여자의 '생각'은 다음과 같다. 그녀는 "밥을 먹고 고기를 뜯고 닭발을 씹"으며 누군가의 죽음을 생각한다. 보다 정확하게 말한다면 인간의 식욕을 위해 희생된 동물들을 생각한다. 여자는 또 "식탁 위 과자 부스러기를 행주로 닦으면서" 형이상학과 형이하학, 저급함과 지고(至高)의 차이를 생각하기도 한다. 그런 그녀에게 "오 장미여 장미여"라는 자라투스트라의 글귀가 갑자기 떠오른다. 여자에게 장미의 아름다움은 가위에 잘린 장미의 주검과 동일하므로 장미의 아름다움을 감상하는 일은 장미에 대한 미안한 감정으로 옮겨간다. 이번에 그녀는 수박을 자른다. 거침없이 수박을 자르다 말고 그녀는 이 수박이 새벽 배송을 한 누군가의 고된 노동 끝에 자신의 식탁 위에 놓였음을 생각한다. 누군가의 삶에 지워진 노동의 무게가 다시 여자를 고통스럽게 한다. 행주를 빨아 널며 그녀는 또 생각한다, "가끔 행주는 손수건보다 치열하다"라고. 손수건은 눈물을 닦아주기도 하지만 장식품으로 소비되기 십상이다. 그러므로 화자에게 손수건은 자신의 욕망을, 행주는 새벽 배송으로 생계를 이어가는 "쑥부쟁이 같은 사람들"을 대변하는 것이다. 결국 평범한 일상에 불과한 일련의 욕망은 미안하다는 정서로 귀결되고, 쑥부쟁이 같은 사람들에 대한 상상은 "진짜" 목이 메는 현상을 불러온다. 이 같은 화자의 사유와 정서는 영화 속의 '미자'가 꽃이나 사과가 아닌 삶의 부정적인 면을 윤리적 태도로 주시하는 것과 닮아 있다. 노효지 시의 화자에게 찾아온 것이 아름다운 시적 문장이 아니라 고통스러워서 아름다운 시적 삶임은 분명하다.

시는 시적 대상의 이면에 감춰진 의미를 사유함으로써 우리의 삶과 세계를 탐문한다. 이때 시는 대상의 의미를 감각적으로 제시하는 방식으로 우리의 감수성을 극대화한다. 하지만 이를 근거로 시적 감각을 단순히 겉으로 드러난 이미지만으로 한정할 때, 노효지의 시는 그리 감각적이지 않다. 그녀의 시는 대상을 감각적으로 형상화한다기보다 대상에 대한 화자의 사유와 감수성을 진술하게 전달하는 데 무게를 두기 때문이다. 이는 시를 쓴다기보다 화자가 시적 감각을 삶의 방식으로 선택했음을 의미한다. 그런 맥락에서 묘사보다 진술에 치중하는 노효지의 시에서 화자가 체현하는 대상에 대한 미안함이나 목이 메는 공감의 정서는 그 자체로 유의미하다. 이미지를 배제한 진술로서의 사유와 시적 감수성의 형태는 세계의 본질에 가까이 다가가려는 노효지 시의 진정성 있는 깊이에 해당한다.

"누군가의 피 흘림으로 나는 살아있다고" 반성하고, "새벽 배송받은 수박을" 자르다 말고 택배 기사의 고된 삶을 연민하는 일상은 노효지 시의 서정을 담아내는 가장 구체적인 구심점이다. 윤리적 사유와 공감의 정서로 요약되는 일상 속의 시적 감수성은 의미와 형식을 아우르며 다음과 같은 두 개의 가시적 양상으로 드러난다. 『구름에게 전화를 했다』의 기저를 이루는 미학적 충동 한 쪽은 내면에서 발원한 소리가 차지한다. 그리고 다른 한쪽은 세상이 들려주는 '소리'들로 인한 감응이나 깨달음이 주를 이룬다. 한쪽이 내면의 소리에 귀를 기울인다면 다른 한쪽은 외부의 소리에 귀를 기울이는 것이다. 시인은 내면적 사유와 외부로부터 촉발되는 감각의 과정 속에 자신의 일상을 개입시키면서 추상적 관념이 아닌 경험적 실감을 풀어놓는다. 다음은 텃밭을 가꾸다 듣게 된 '미안하다'는 내면의 소리가 '구도심(求道心)'과 '순례'

로 확장되고 있는 시다.

해거름이다

고추 몇 포기 심어 둔 텃밭에 나간다
서투른 호미질로 풀을 매다가
뿌리내린 목숨을 뽑아내는 일이
자꾸 미안해진다
미안해서, 먼 산 바라본다
저녁 빛이 가만히 스며든
초록의 숨결이 짙어간다

내가 한때 몰입했던 구도심求道心도
한낮에 일렁이던 그림자 같은 건 아니었는지

텃밭에 앉아서 나는
타클라마칸 사막을 건너간 순례자를 생각하고
그 밭에 고추 몇 포기 심는 일이나
풀을 뽑아내는 일이나
풀을 뽑다가 그만두는 일이나
그만두고 게으르게 초록에 반하는 일이나

모두 순례를 떠나는 것이 아닌지 생각한다

산 아래 마을에서
개구리들이 울기 시작한다

—「텃밭에서」 전문

고추 몇 포기 심긴 텃밭에서의 김매기가 자연과 어우러진 존재의 풍경이라면, 생명을 가진 풀을 뽑기가 미안하다는 감정은 풍경에 은폐된 삶의 차원을 발견하게 만드는 내면의 소리다. 여기서 주목할 점은 '미안하다'는 화자의 반복된 감정이다. 이는 타자에 대한 화자의 윤리적 시선이 '상처'가 아닌 '반성'에 기반하고 있음을 함의한다. 상처는 결핍에서 비롯하고 반성은 안정된 삶에 균열을 부여하는 의식적 실천에 가깝다. 화자는 구도에 몰입했던 구도심(求道心)과 한낮에 일렁이던 그림자가 다르지 않듯, 풀을 뽑아내는 일이나 풀을 뽑다가 그만두는 일, 그만두고 초록에 반하는 이 모두가 "순례를 떠나는 것"과 같다고 깨닫는다. 스스로의 삶을 관통하는 이 같은 깨달음은 실존적 '무망(無望)'에서 발원한 것이기도 하겠지만, 어쩌면 풍경에 기대는 이 무망함의 정서야말로 추상적인 내면의 소리를 핍진한 현실로 만들어 주는 것일 터이다.

놀이터 돌계단 앞에서
소리가 울림처럼 둥둥
내 가슴 안에서 들려왔다

'삶에 오만했구나'

누가 나에게 말한 것일까

놀이터에는 오후의 햇살이
그네를 타고 있었다

똥폼 개폼 잡지 않고 뛰노는
햇빛

눈이 부셨다

　　　　　　　　　―「누가 나에게 말한 것일까」전문

이 시에서 들려오는 '삶에 오만했구나'하는 목소리
역시 윤리적 태도에 기반한 화자의 내면 의식과 관

계 깊다. 삶에 오만했다는 반성이 연민의 대상을 응시하면서 느끼는 미안함보다 더 슬픈 울림을 갖는 까닭은, 대상이라는 매개를 소거한 채 내면의 목소리에 온전히 붙들리는 반성의 직접성에 있다. "똥폼 개폼 잡지 않고 뛰노는/ 햇빛 // 눈이 부셨다"라고 화자는 말하지만 그 눈부심이 화자의 내면을 환하게 밝혀주는 것 같지는 않다. 어두운 데 익숙한 사람이 밝은 빛을 쏘이면 한순간 눈앞이 캄캄해지듯이, 시에서의 눈부심은 반성으로 짙어진 내면의 어두움을 역설적으로 드러낸다.

화자는 "미안하다/ 혼자서 먼 길 떠나게 해서/ 내내 미안하다"(「미안하다」)라는 고백에 이어 다른 시에서는 "삶에 대한 나의 오만을/부디 용서해다오/ 그대 자유로운 이여"(「뱅쇼」)라고 자신이 오만했음을 취한 듯 토로한다. "나도 힘껏 살고 있다고 생각한 것은/ 나약한 변명이거나 자만이었다"(「누가 처음 이 길을 걷기 시작했는지」)라는 반성은 노효지의 시에서 자주 목격되는 대목이다. 말하자면 노효지 시의 내면은 '미안하다'와 '오만했다'는 목소리가 한데 엉켜 반복적으로 발화되고 있는 셈이다. 그녀의 시가 강렬하게 서정적인 까닭은 바로 이 진솔한 내면의 목소리에 있다. 그리고 이것은 화자가 "말하지 못했던 말들 // 전하지 못했던 마음들"(「구름에게 전화를 했다」)을 우리에게 들려준다.

　내면에서 발원한 소리, 즉 내면의 소리를 형상화하던 시는 이번에는 외부의 소리에 귀를 기울이는 양상을 보인다. 외부의 소리는 그 자체로 화자의 깨달음이 되거나 깨달음의 매개체로 기능한다. 하지만 "엄마, / 난 착하지 않아요"(「아웃사이더」)라고 고백하는 화자의 마음은 그렇게 단순하거나 고분고분하지 않다.

　　　늑골이 가려워요
　　　작약꽃 꽃잎 펴듯
　　　내 가슴 꽃 피려나 봐요

　　　그는 말했죠
　　　이제 어깨 펴고 살아
　　　침 맞고 나오는데 노래가 들렸어요
　　　키사스 키사스 키사스

　　　눈물이 날 것 같았는데 참았어요, 마치

울면 절대 안돼라고
약속이나 한 것처럼 말이죠

… 중략 …

이제 어깨 펴고 살아
그 말이 자꾸 울먹울먹
내 늑골을 간지럽혀요
그때마다 노래가 떠오르죠
키사스 키사스
키사스

—「키사스 키사스 키사스」부분

안드레아 보첼리의 노래라는 주석이 달려 있지만, '키사스 키사스 키사스'는 왕자웨이 감독의 영화 〈화양연화〉의 테마 음악으로 우리에게 더 친숙하다. 화자는 "이제 어깨 펴고 살아"라고 격려해 준 그의 말이 생각날 때마다 이 노래가 떠오른다고 고백한다. '그'와 화자의 관계가 〈화양연화〉의 차우 모원과 수리쩐을 닮았는지는 알 수 없는 노릇이다. 다만 시의 제목이자 노래의 제목인 키사스의 의미는 '아마도'이다.

'아마도'는 아마도 긍정과 부정의 그 어디쯤에 위치하는 마음일 터이다. 다음의 시는 이렇듯 변화 앞에서 망설이고 회의하는 화자의 마음을 다시금 미세하게 흔들어놓는 '은영 씨'에 관한 얘기다.

파르푸르는 푸른 나비예요
은영 씨가 말했다

그녀는 작은 가게 '파르푸르'의 주인이다
은으로 목걸이도 만들고
귀걸이, 반지, 팔찌도 만들었다

여행을 좋아하고 특히 쿠바를 좋아했다
쿠바에서 사 온 달력을 어느 날 선물로 주었다
쿠바에 꼭 가보세요, 그랬다

여행 사진도 멋지게 찍어서 그걸 엽서로 만들었다
엽서는 파르푸르에서 장당 천 원에 팔았다

엽서를 판매한 돈으로 아프리카 아이들에게
염소를 사주었다

설거지를 하면서 나는
조사 '은'을 뺄까, 넣을까
궁리하다가, 문득
은영 씨 생각이 난다

쿠바, 그녀는 왠지 그곳에 있을 것 같다
— 「파르푸르」 전문

'파르푸르'는 푸른 나비라는 의미이자 '은영 씨'의
가게 이름이다. 가게 주인인 은영 씨는 여러모로 화자
에게 좋은 인상을 준 사람이다. 여행을 좋아하고, 쿠
바를 좋아하고, 특히 자신의 여행 사진을 엽서로 만들
어 판 수익금으로 아프리카 아이들에게 염소를 사주
는 고운 마음씨의 소유자다. 화자는 은영 씨라는 인물
을 요약해서 들려주는 병치의 시행 끝에 "조사 '은'을
뺄까, 넣을까/ 궁리하"는 자신의 모습으로 묘사의 방
향을 튼다. 은영 씨의 삶에 여행과 쿠바가 있다면 화
자에게는 시가 있다.

그러나 화자에게 시가 구원인가? 무엇보다 화자는
마음이 아픈 사람이다. "거기 앉아서/ 강물처럼 울었

던/ 강 건너 양귀비 꽃밭"(「강 건너 양귀비 꽃밭」)을 보며 울기를 자주 하는 사람이고, "아무것도 먹고 싶지 않고/ 가만히 있으면 자꾸 슬퍼져서/ 바지런히 몸을 움직"(「비빔국수」)일 정도로 슬픔이 가득한 사람이다. "살아야만 하는/ 살아내야만 하는/ 이유가 있었"(「혼자만의 방」)지만 "뭐하라고, 나보고 뭐하라고/ 한참을 울"(「그는 나를 불러 세워서」)기만 하는 울보이기도 하다. 그렇더라도 은영 씨의 삶은 화자의 의식 속에 신선하고도 아름다운 균열을 가져온 걸로 보인다. 타인의 삶으로부터 자신의 삶에 대한 비판 의식을 이끌어내는 시로 「그녀의 과일가게」도 있다.

그녀의 과일가게를 지날 때마다
홀쭉한 내 아랫배와 낡은 팬티의 고무줄같이
늘어진 현실과 이상理想 사이
바람 빠진 공처럼 후줄근해진 삶의 의욕들은
더욱 사정없이 움츠러든다
이유는 알 수가 없다. 굳이 분석하자면
이제 만삭이 된 그녀의 둥그런 배와
순진한 낙관론자 같은 그녀의 표정 때문일 거다
그녀의 과일가게에 나와 있는

커다란 수박과 잘 익은 참외, 복숭아의

매끄럽고 탄력 있는 몸매에

정오의 햇살이 비스듬히 눈길을 주고

그녀의 느릿한 걸음과 목소리조차

퉁기면 튀어오를 것처럼 탄력적이다

이유는 알 수가 없다

그녀는 만삭이다

―「그녀의 과일가게」

　화자의 마음에 일어나는 미세한 균열을 감지할 수 있지만,「파르푸르」나「그녀의 과일가게」는 '아마도'라는 저 마음의 소리를 넘어서지 못한다. 화자는 "자신은 그렇게 너덜거리게 낡아가면서/ 식탁을 빛나게 하고/ 싱크대를 으쓱거리게"(「행주 예찬」)하는 행주와의 동일시를 통해 자신의 불만을 잠시 눌러둘 수 있을 따름이다. 하지만 자꾸만 일어나는 미세한 균열은 언젠가의 크고 찬란한 파열을 예감케 하는 수많은 전조들이다. 요컨대 우리의 마음은 '감옥'과 '수도원' 중 하나를 늘 선택하고 살아간다. 열악한 환경이나 엄격한 규율, 속박으로부터 오는 삶의 불구성이 자발적 선택이냐 비자발적 구속이냐에 따라 주체는 더럽고 갑갑한 감옥에 갇힌 죄수일 수도, 거룩하게 살아가는 수도원의 영성자일 수도 있는 것이다. 그런 의미에서 다음의 시는 누군가의 말 한마디에 감옥을 열고 뛰쳐나온 수인이 영성자로 탈바꿈하는 숨 가쁜 장면을 담고 있다.

매점 앞에 나는 서 있었다, 우두커니
마음이 아팠다
마음이 아플 때 바르는 연고는 없을까

대일밴드를 살까 후시딘을 살까
밴드를 사서 가슴 가운데 붙여볼까
그런 엉뚱한 생각을 하고 있었다

매점 주인이 문득 내 옆의 키 작은 아저씨에게
명랑하게 물었다
국화꽃이 어쩜 그렇게 예뻐요?

혼을 담아야 해요
아저씨가 말했다

그는 대학에서 국화꽃을 기르는 분이었다

작은 체구
허리가 많이 굽으셨다

나는 밴드도 후시딘도 잊고
그의 마디 굵은
흙 묻은 손을 바라보았다

혼을 담아야 해요

언덕길 걸어올라 집으로 가는 길이
왠지 더 숨이 찼다

―「국화꽃 기르는 아저씨」 전문

　이 시에 해설을 덧붙이는 건 정말 쓸 데 없는 짓이
다. 인생이 해석과 선택의 결과물임을 우리는 안다.
때문에 우리는 언덕길을 올라가는 화자의 숨찬 발걸
음이 더욱 씩씩해지기를 응원하는 걸로 족한 것이다.
　『구름에게 전화를 했다』는 시가 시인의 사유와 개
인적 지향을 담아내는 그릇이기도 함을 훌륭하게 보

여준다. 진솔한 시적 고백에 머무르기를 부끄러워하며 허위의 문장을 새까맣게 덧칠하는 작금의 시들로부터 노효지의 시는 멀다. 그의 시는 내면의 목소리에 집중하며 정서적 감각의 최대치를 일으켜 세우거나, 자신의 현실을 둘러싼 채 벌어지는 일상의 소소한 면면들을 발판으로 긍정적 방향의 미래를 산출한다. 전자가 내면을 향한 시선이라면 후자는 타자와 세상을 향한 시선이다. 이 두 시선은 다른 방향에서 출발하지만 동일한 지점에서 만난다. 그것은 자신의 삶을 진솔하게 비판하고 반성하는 자기 성찰이라는 시적 지대다. 시의 순결하면서 깊고 아름다운 품격은 어디로부터 오는가. 우리의 삶은 어떤 것이며 우리는 어떤 생을 살아야 하는가. 노효지의 시는 우리에게 생의 의미를 되짚어보게 하는 질문을 던지면서 자신이 발견한 답을 조심스레 들려준다.

시와반시 기획시인선 023

구름에게 전화를 했다

펴낸날 | 2022년 1월 15일 초판 1쇄

지은이 | 노효지
펴낸이 | 강현국
펴낸곳 | 도서출판 시와반시

등록 | 2011년 10월 21일 등록(제25100-2011-000034호)
주소 | 대구광역시 수성구 지산로 14길 83, 101-2408호
전화 | 053) 654-0027
전송 | 053) 622-0377
전자우편 | khguk92@hanmail.net

ISBN 978-89-8345-132-3   03810